Sophia and Ale
Visit their Grandparents

София и Алекс
навещают своих бабушку и дедушку

By Denise Bourgeois-Vance
Illustrated by Damon Danielson

Children Bilingual Books

Book 9 of 11 from the "Sophia and Alex" Series

"Dedicated to my mom, Murial Parette Bourgeois,
who loved children deeply,
but sadly didn't live long enough to see
her 15 grandchildren"

Published 2023 by Advance Books LLC Renton, WA
Printed in the United States of America

Library of Congress Control Number: 2021904215
ISBN: 979-8-89154-324-9

Sophia and Alex Visit Their Grandparents
Summary: Details of Sophia and Alex visiting their grandparents

Address all inquiries to:
Advance Book LLC
service@childrenbilingualbooks.com
For book orders visit: childrenbilingualbooks.com

English copy editing by Jen Lyons
Russian translation by Tusharika Sinha

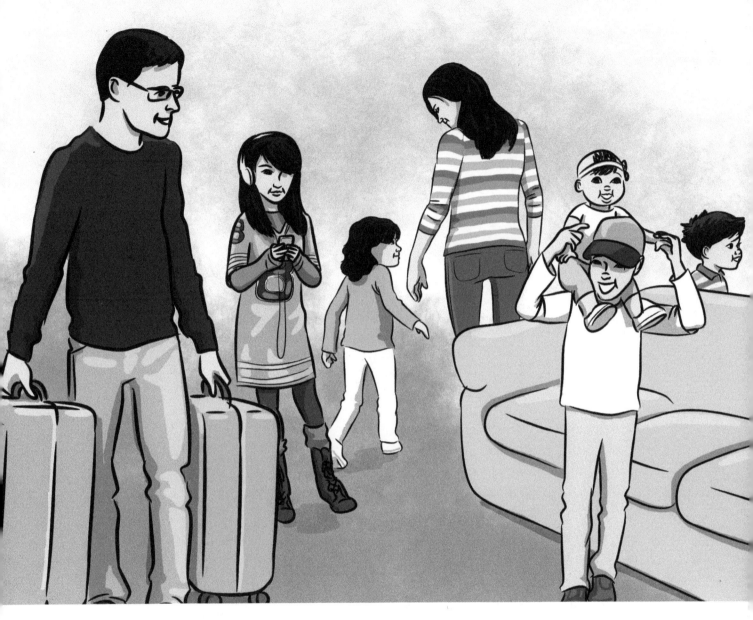

Today, Sophia and Alex are traveling to see their grandparents. Everyone in the family enjoys visiting them, even though they live far away.

Сегодня София и Алекс едут к бабушке и дедушке. Все в семье с удовольствием их посещают, хотя они живут далеко.

"We'll need to pack pants, shoes, tops, and toothbrushes," says Mom.
"And a favorite toy!" exclaims Alex.

«Нам нужно будет упаковать штаны, обувь, топы и зубные щетки», - говорит мама.
«И любимая игрушка!» - восклицает Алекс.

Dad loads the trunk with suitcases.
"Fasten your seatbelts," Mom tells everyone as she buckles Annie into her car seat.

Папа грузит багажник чемоданами.
«Пристегни ремни безопасности», - говорит всем мама, пристегивая Энни к своему автокреслу.

"Look at that big truck," says Alex, looking out the window.
Dad tells the family how trucks deliver food to grocery stores.

«Посмотрите на этот большой грузовик», - говорит Алекс, глядя в окно.
Папа рассказывает семье, как грузовики доставляют еду в продуктовые
магазины.

Sophia spots a large boat on the river.
"I wonder what's in those big orange boxes," she says.
"Food and supplies," answers Mom.

София замечает большую лодку на реке.
«Интересно, что в этих больших оранжевых коробках», - говорит она.
«Продукты питания и материалы», - отвечает мама.

Dad parks the car at the airport.
"We will leave the car here and fly to Gramma and Grandpa's house," he explains.

Папа паркует машину в аэропорту.
«Мы оставим здесь машину и полетим домой к бабушке и дедушке, - объясняет он.

Sophia and Alex's big brother Noah and their big sister Abigail help Dad check in the bags while Mom gets the tickets from the attendant.

Старший брат Софии и Алекса Ноа и их старшая сестра Эбигейл помогают папе проверить сумки, пока мама получает билеты от сопровождающего.

Alex looks at books and watches movies on the plane. Mom holds Annie, as she is too young to have her own seat.

Алекс смотрит на книги и смотрит фильмы в самолете. Папа помогает маме обнять Энни, так как она слишком молода, чтобы занять свое собственное место.

Sophia looks out the window. "Look!" she says. "We're flying through the clouds."

София смотрит в окно. «Смотри!» - говорит она. «Мы летим сквозь облака».

After the plane lands, the family rides in a taxi to Gramma and Grandpa's house. Taxis have signs on their roofs.

После приземления самолета семья едет на такси к дому бабушки и дедушки. У такси есть знаки на крышах.

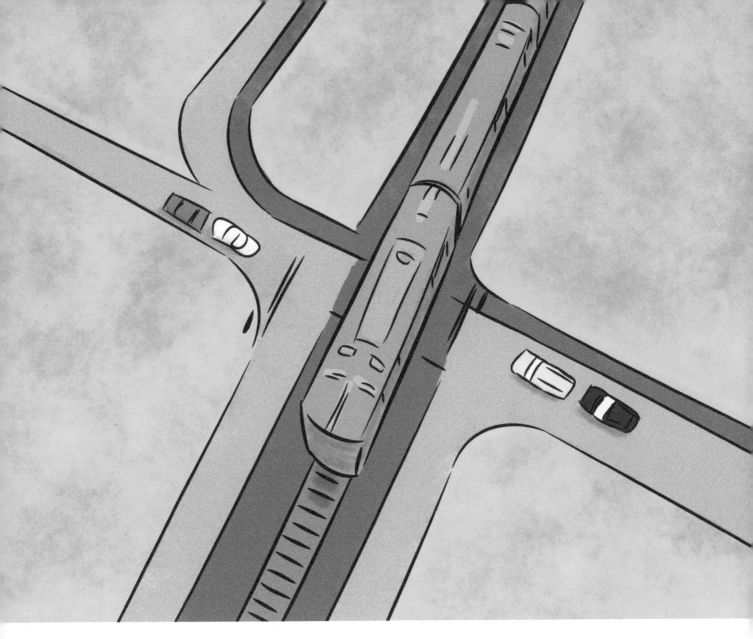

Some families travel on trains. Trains go slower than planes because they run on tracks and make stops in other cities along the way.

Некоторые семьи путешествуют на поездах. Поезда ходят медленнее, чем самолеты, потому что они бегут по рельсам и делают остановки в других городах по пути.

The taxi stops in front of a white house. Gramma and Grandpa rush out to greet the family with big smiles.

Такси останавливается перед белым домом. Грэмма и дедушка выбегают приветствовать семью с большими улыбками.

Gramma and Grandpa are Mom's parents. They enjoy having their daughter and grandchildren visit.

Грамма и дедушка - родители мамы. Им нравится, когда их дочь и внуки посещают их.

Sophia and Alex sit at the fancy dining table. Gramma makes their favorite meal of macaroni and cheese.

София и Алекс сидят за шикарным обеденным столом. Грамма делает их любимым блюдом из макарон и сыра.

"For dessert, we have a big surprise," says Gramma. "Who knows what it is?"

«На десерт нас ждет большой сюрприз», - говорит Грамма. «Кто знает, что это?»

Grandpa walks out with a big white frosted birthday cake. "Surprise!" he shouts. "Happy Birthday to Sophia and Alex!"

Дедушка уходит с большим белым матовым праздничным тортом. «Сюрприз!» - кричит он. «С днем рождения, София и Алекс!»

Sophia and Alex's birthday was a few days ago, but Gramma and Grandpa wanted the chance to celebrate with them.

День рождения Софии и Алекса был несколько дней назад, но Грамме и Дедушке захотелось отпраздновать с ними.

Playing at Gramma and Grandpa's house is fun. They have toys that Alex and Sophia don't have at home.

Играть в Gramma 'и дедушкином доме весело. У них есть игрушки, которых у Алекс и Софии нет дома.

Some of the toys are old and have missing pieces, but Alex and Sophia still have fun playing with them.

Некоторые игрушки старые и имеют недостающие фрагменты, но Алекс и София все еще весело играют в них.

Alex and Noah sleep in sleeping bags with Dad. Noah imagines they're camping in a deeply wooded forest, rather than Grandpa's living room floor.

Алекс и Ноа спят в спальных мешках с папой. Ной воображает, что они разбили лагерь в лесистом лесу, а не на полу дедушкиной гостиной.

Sophia sleeps with Mom and Abigail in the large bed. A long time ago, when Mom was a little girl, this was her room.

София спит с мамой и Эбигейл в большой кровати. Давным-давно, когда мама была маленькой девочкой, это была ее комната.

The next morning, the family meets Aunt Mary and Uncle Joe at the park for a family picnic. Everyone brings lots of food and drinks.

На следующее утро семья встречает тетю Мэри и дядю Джо в парке для семейного пикника. Каждый приносит много еды и напитков.

"What do you think of those Mustangs this year, Dan?" Uncle Joe asks. Sophia laughs because she rarely hears anyone call Dad by his first name.

«Что вы думаете об этих мустангах в этом году, Дэн?» - спрашивает дядя Джо.
София смеется, потому что она редко слышит, как кто-то зовет папу по имени.

Uncle Joe tosses a football to Dad. Everyone enjoys eating and talking at the table.

Дядя Джо бросает футбол папе. Все любят есть и разговаривать за столом.

Alex asks Grandpa why his small dog is named Titan.
"Even though he's small, he's still a mighty dog," Grandpa explains.

Алекс спрашивает дедушку, почему его маленькую собаку зовут Титан.
«Несмотря на то, что он маленький, он все еще могучий пес», - объясняет дедушка.

Junior is Sophia and Alex's cousin. His name is Joseph, but everyone calls him Junior since he has the same name as his father.

Младший - София и двоюродная сестра Алекса. Его зовут Джозеф, но все называют его Младшим, поскольку у него такое же имя, как и у его отца.

Noah likes playing games with his cousin. Junior says he's going to be a great scientist one day.

Ной любит играть в игры со своим двоюродным братом. Джуниор говорит, что однажды он станет великим ученым.

The next morning, Mom says it is time to travel home.
"We have to make sure we don't forget anything," she reminds the children.

На следующее утро мама говорит, что пора ехать домой.
«Мы должны быть уверены, что ничего не забудем», - напоминает она детям.

Mom looks sad because she will miss Gramma and Grandpa, but says they will visit again very soon.

Мама выглядит грустной, потому что она будет скучать по бабушке и дедушке, но говорит, что они приедут снова очень скоро.

Sophia and Alex wave goodbye.
"It was fun seeing Gramma and Grandpa," Sophia tells her mother.
"I love them so much!"

София и Алекс машут на прощание.
«Было весело видеть Грамму и Дедушку, - рассказывает она своей матери.
"Я их очень сильно люблю!"

Milton Keynes UK
Ingram Content Group UK Ltd.
UKHW050624041123
431882UK00008B/60

9 798891 543249